Andrea Naumann

Der kleine Therapeut

HERDER spektrum

Band 5646

Das Buch

Humor ist, wenn man trotzdem lacht. Und dafür gibt es Gründe – Abgründe vielleicht. Der kleine Therapeut erkundet die Tiefen und Untiefen unseres unseligen Seelenlebens. Er legt sich auf die Couch, begibt sich in Gruppen, assoziiert frei und beleuchtet das Davor und Danach unseres alltäglichen Allerlei.

Mit spitzer Feder und einem untrüglichen Gespür für das Urkomische unserer Seele erkundet Andrea Naumann die Gipfel und Schluchten des psychosozialen Hin und Her, notiert Szenen zwischen ihr und ihm und gibt unschätzbare Tipps zur Erziehung unserer Kinder und deren Eltern. Ein Fest der Griffelkunst. Und ein ironisch-spielerischer Tanz mit unseren ach so vielen Macken. Ein Muss für jeden Therapeuten. Und für alle anderen auch.

Die Cartoonistin

Andrea Naumann ist gebürtige Kölnerin und lebt in Aachen. Von 1978 bis 1986 studierte sie freie Malerei und Grafik-Design. Seit 1986 ist sie als freie Illustratorin und Cartoonistin, Gerichtszeichnerin und Storyboarderin tätig.

Andrea Naumann

Der kleine Therapeut

Paare, Pannen und Neurosen

Mit einem Vorwort von Verena Kast

HERDER

FREIBURG · BASEL · WIEN

Gedruckt auf umweltfreundlichem, chlorfrei gebleichtem Papier

Originalausgabe

www.herder.de
Satz: Layoutsatz Kendlinger
Herstellung: fgb · freiburger graphische betriebe 2006
www.fgb.de
Umschlaggestaltung und Konzeption:
R·M·E München / Roland Eschlbeck, Liana Tuchel
Umschlagmotiv © Andrea Naumann
ISBN-13: 978-3-451-05646-8
ISBN-10: 3-451-05646-1

Vorwort

Von Verena Kast

Entwickeln Menschen Humor in der Psychotherapie, dann sind sie auf gutem Wege zur Gesundung. Humor braucht man, um mit dem Leben zurecht zu kommen. Psychotherapie wird gesucht, um ein Problem zu lösen, um sich zu entwickeln, kurz gesagt, weil man spürt, dass man auch noch anders leben könnte. In jeder Psychotherapie werden wir konfrontiert mit den Vorstellungen von uns selbst, die einer Ergänzung bedürfen. Mit Scham reagieren wir, wenn wir mit all dem konfrontiert werden, was nicht unserem geschönten Bild von uns selbst entspricht. Aber auch der Schatten ist Realität, und in diesen Seiten kann viel Vitalität stecken. Lernt man im Verlauf einer Therapie immer mehr sich zu akzeptieren, wie man ist, und nicht wie man glaubt, dass andere uns haben wollen, findet man den Kontakt zu sich selbst und damit ein gutes Selbstwertgefühl, kann man Schwieriges, Beschämendes mit Humor nehmen. Vielleicht ist es zunächst der Therapeut oder die Therapeutin, der oder die es mit Humor nimmt, mit der Zeit auch der Patient oder die Patientin. Diese Situationen, in denen wir Humor brauchen – auch in der therapeutischen Situation – sind immer überraschend, Situationen, in denen wir überrumpelt werden. So wenn etwa der Patient unzufrieden sagt: „Ich bin zu Ihnen gekommen, weil ich dachte, Sie seien gut." Und die Therapeutin darauf: „Das dachte ich eigentlich auch." Und beide stimmen in ein Gelächter ein. Natürlich muss die Situation geklärt werden, aber das Lachen hat bereits eine entspannende Wirkung, so dass man das Problem auch miteinander angehen kann. Vom Therapeuten, von der Therapeutin kann man auch Humor lernen.

Humor in seiner besten Form will nicht lächerlich machen, sondern die Menschen zum Lächeln bringen. So habe ich es noch nie gesehen! Oder: Genau so! Nur dürfte ich es so nie sagen. Und dennoch: Man bleibt wohlwollend. Humor brauchen wird, wenn Unerwartetes sich ereignet, überraschende Selbstdefinitionen ins Spiel gebracht werden, die nicht eindeutig sind, die der Interpretation bedürfen. Gerade das geschieht in Therapien: Wir lernen, dass wir selbst immer wieder für eine Überraschung gut sind, aber dass auch andere Menschen immer wieder mit etwas problematischen Überraschungen Einfluss auf unser Leben nehmen. Mit Humor können wir uns darauf einlassen, sind wir aber humorlos, dann wenden wir uns ab, sind irritiert, schämen uns, sind beleidigt, gekränkt.

Das Überraschende, das geschieht und das nicht mit unseren Erwartungen übereinstimmt, hat meistens mit Menschlichem, Allzumenschlichem zu tun. Es geht dabei um oft banale Unzulänglichkeiten, um Schwächen, um Eitelkeiten, die aufgedeckt werden, bei Menschen, die sich gelegentlich etwas erhaben fühlen über diese Niederungen. Werden unsere eigenen Unzulänglichkeiten, Seiten, die wir an uns nicht akzeptieren können, unser Schatten, angesprochen, können wir uns beschämt fühlen oder aber die ganze Sache mit Humor nehmen. Wir haben unseren Schatten – sogar, wenn er uns von außen verschrieben wird – akzeptieren können. Wenn wir mit Humor reagieren können, dann reagieren wir aus einem liebevollen Gefühl heraus für uns selbst und für unsere Schwächen. Unser Selbstwertgefühl ist stabil genug, um die Verstörung zu ertragen und darauf nicht mit Resignation, Beschämung oder Abwehr zu reagieren, sondern eben mit Humor. Wir nehmen wahr, was uns gesagt wird, wo wir auf eine Unzulänglichkeit hingewiesen werden, aber wir distanzieren uns auch davon, und gerade das gibt uns den nötigen Abstand, um mit der zumeist wenig schmeichelhaften Botschaft, die uns gegeben worden ist, zurecht zu kommen.

Wer die Schwächen der Mitmenschen zeichnet, sie diesen

zu Gemüte führt, sicher auch in erzieherischer Absicht, braucht Humor. Humorvoll sind Darstellungen, die zwar auf eine überraschende Weise etwas offen legen, die aber nicht beschämen. Es ist eine Kritik, die nicht wehtun, aber nachdenklich machen will. Humor ist warm. Spott, Hohn, Ironie, Zynismus sind scharf und kalt. Da geht es darum, über andere Menschen zu triumphieren, es geht um Überheblichkeit, darum, sich über die anderen zu erheben. Humorvolle Kritik zeigt die Schwächen, das Unzulängliche – aber mit einem liebevollen Verständnis dafür. Wo dieses Verständnis aufhört, wo es nur noch darum geht, hämisch sich über jemanden lustig zu machen, da bleibt einem das Lachen im Halse stecken, es sei denn, man ist sadistisch veranlagt, sarkastisch oder zynisch. Wirklich humorvolle Kritik stammt aus einer Liebe zum Leben, sie weiß darum, dass Ernst und Freude, Weinen und Lachen, zusammengehören – und man letztlich das Ganze doch gelassen nehmen kann, weil man weiß, dass Leben so banal sein kann, Menschen so eingebildet, so kleinlich und dann dennoch wieder so großherzig …

Als Therapeutin habe ich natürlich bestimmte Erwartungen, wie Therapeuten und Therapeutinnen von außen gesehen werden und gesehen werden sollen. Werden wir nun zeichnerisch so dargestellt, wie wir es nicht erwarten, werden wir in unseren Schattenseiten gezeichnet und vielleicht auch überzeichnet, so können wir das mit Humor nehmen, wir werden lachen, mehr oder weniger. Es bleibt uns der Triumph, dass wir uns nicht zum Opfer haben machen lassen. Indem wir es mit Humor nehmen, bringen wir zum Ausdruck, dass die Darstellungen kränken könnten, aber wir lassen uns nicht kränken; im Gegenteil: Wir lachen und erleben dabei auch noch Freude. Vielleicht aber finden wir die Darstellungen nur lächerlich, kritisieren sie – entwerten sie – und lassen sie nicht nah an uns heran kommen. Das heißt aber nicht, dass sie anderen Menschen, die nicht betroffen sind, die vielleicht sogar mit Therapeuten und Therapeutinnen noch eine Rechnung offen haben, Vergnügen bereiten werden.

Im Allgemeinen lieben wir humoristische Darstellungen mehr, wenn sie sich nicht über uns oder unsere Zunft, sondern über andere lustig machen; wenn sie sich mit dem Schatten von anderen Menschen befassen. Der Schatten der Großen und Mächtigen oder zumindest das, was wir jeweils für ihren Schatten halten, ist immer interessant. Die Akzeptanz des Schattens ist auch wichtig. Wir werden dann realistischer, vor allem im Blick auf uns selbst. Humor entlarvt Illusionen, macht die Menschen gleicher – und aus der Ferne kann man unverkrampfter lachen, wohl wissend, dass die angeprangerten Schattenseiten auch die unseren sein könnten. Aber wir stehen gerade nicht am Pranger.

Es ist schwer zu glauben, dass heute wirklich noch die Therapeuten und Therapeutinnen zu diesen Mächtigen zählen, dass man sie darstellerisch entmachten muss, dass sie für die Freude an der Umkehrung der herrschenden Verhältnisse herhalten müssen. Nehmen wir es mit Humor!

HIER HILFT NUR NOCH THERAPIE ...

ABZUG

KINDER-LOS

Er hängt ja noch so an seinen Erzieherinnen, besonders an Monika...

Nein, Tatjana holt ihn da ab... ja, seine alte Babysitterin... ...2 Euro die Stunde...

Nein, er schläft bei meiner Mutter, Tatjana bringt ihn hin...

Am Wochenende ist er bei Holger...
- was soll das heißen: 'Ich seh ihn lange nicht'...??

HÖR MAL ! ICH BIN ALLEIN-ERZIEHEND !

SPARFLAMME

Hab' ich doch wieder vergessen, die ganzen „Stand by"-Geräte auszuschalten, immerhin sollen die ja elf Prozent des Energieverbrauchs aller Haushalte...
klick

DIE CO-ABHÄNGIGEN

Oh – harte Szene! Wenn ich Ihnen irgendwie helfen kann...
Ginge es sofort?

VOM INSTITUTIONEN-GLÜCK

Fein! Wie alt bist du denn?
Fünf.
Oh! Da kannst du ja bald in die Schule!
Sag' mal, wie alt bist du denn?
Dreizehn.
Fein! Da kannst du ja bald in den Knast!

VERSTÄNDLICH

Jetzt erst kann ich verstehen, wie er sich fühlt, wenn er morgens zur Schule muss!

ENTSCHEIDENDE STELLE

I-c-h b-e-s-c-h-e-f-t-i-g-e m-i-c-h s-c-h-o-n s-e-h-r l-a-n-g-e m-i-t f-i-l-m u-n-d f-e-r-n-s-e-h-n m-i-t G-r-o-s-s-e-m i-t-r-e-s-e u-n-d h-a-b-e a-u-c-h s-c-h-o-n...
in mähteren kleinen Rollen an entscheidender stelle mitgwürgt. Ihr

VOLLZEIT-JOB

...als gar nichts tun.

ANSPRÜCHE

Und...? Wie ist dieser „Martin"? Wie war denn euer erstes Rendezvous?
Er ist nicht gekommen.

Und...? Was jetzt...?
Ich werde mich von ihm trennen.

Meine Güte! Jede Beziehung hat mal ihre Durststrecke!

SATURDAY-NIGHT-FEVER

Einen Moment, die Bilder werden noch geladen, ...das dauert etwas...

Hey, SAP ist gestiegen! Super! Der „Dow Jones" ist auch wieder gestiegen!
Scheint mir eher ein „Low Jones" zu werden.

Da kann man Geld machen... wär' ich Idiot doch nur eher an die Börse gegangen...
...Wär' ich Idiot doch nur eher nach Hause gegangen.

Hey, du willst schon gehen? ...ich wollte dir doch noch die aktuellen Charts zeigen...
Ciao.

Schick mir mal wieder 'ne Mail...
Tut mir Leid, aber in diesem Fall hab' ich mich vermailt...

Frauen..! Unfähig, eine Beziehung zu entwickeln zu Geld und Finanzen...

VOM SCHLECHTEN DES GUTEN

Das könnte mir nicht passieren, Gott sei Dank! Ich bin besser.
Aber ich hab's schlechter.

RICHTUNGSWECHSEL

WAR DOCH KLAR …

CHAT & FLY

Chat-Room: Spaß +Flirten
Hi, hier Looser-Baby, ihr seid so schnell mit dem Chatten, ich komm ja gar nicht rein!
I'm a looser, Baby
...H-a-l-l-o L-o-o-s-e-r -B-a-b-y... ...w-e-n-n d-i-r d-a-s h-i-e-r z-u s-c-h-n-e-l-l i-s-t d-r-ü-c-k e-i-n-f-a-c-h „A-L-T" + „F" + „4"...
Chat-Room: Spaß +Flirten
Venga-Boy: Hallo Looser-Baby, wenn dir das hier zu schnell ist, drück einfach: „ALT" + „F" + „4"!
I'm a looser, Baby

Ach so!
„A-L-T" + „F" + „4"...
Chat-
I'm a looser, Baby
Looser-Baby verabschiedet sich aus dem Chat-Room
I'm a looser, Baby

THERAPIE-UNTAUGLICH

Und? Hast du einen Platz in einer Gruppe bekommen?
Nein.
Er hat gesagt, ich passe nirgendwo rein.

VERBAL-EROTIKER

STARKER WILLE

BESCHLOSSENE SACHE

Kann ich nicht wenigstens noch Milch und Butter...
Ausgeschlossen!
ssssssss
Billig! izt noch billiger!
Sag' ich doch!

SINNLOSIGKEIT UND DEPRESSION

Panik und Verlustängste... da hing man wenigstens noch an irgendwas...
3
Von mir aus könnte die Welt untergehen...
4
.... —
5
Scheiße – wo bin ich denn da wieder 'reingetreten!?!
6

GLEICH ERKANNT

NEEIINN!!
Grüß deine Mutter von mir...
...es war die Spracherkennung der Sparkasse....

LIGHT KULTUR

Was anderes kann ich mir nicht leisten !

Melanie und Heinz haben angerufen – wir wollen nachher mit den Rädern zum Baggersee...
...bisschen Barbekju...

Ich kann nicht!
?

Gleich kommt die 250. Folge von 'Thick brother'

HOMO HOMINI LUPUS
ODER: HOBBES PRAKTISCH ANGEWANDT

Naja, was heißt hier größere Wohltaten – ein paar Euro.... bis nächsten Monat...
...als wir hoffen je vergeltenzu können, gibt Anlass zu geheuchelter Liebe.....
Wir haben uns doch eigentlich **immer** gut verstanden....
...in Wirklichkeit aber zu heimlichem Hass und versetzt ihn in den Zustand eines verzweifelten Schuldners...

Verzweifelt bin ich auch so....
...denn Wohltat verpflichtet und Verpflichtung ist Knechtschaft....

...ich hab seit Freitag nix gegessen...
Ich würde dir gerne helfen..... – aber unsere Freundschaft ist mir einfach zu wichtig...

ERINNERUNG TRIFFT AMNESIE

Das ist es ja....
genauso hab ich es damals
auch vergessen...

GUTE ZEITEN – SCHLECHTE ZEITEN

Früher hat der Staat dafür gesorgt...

FATAL

Ich bin nun mal wie ich bin, Schatz...
Eine Partnerschaft kann doch nur funktionieren, wenn einer den anderen lässt, wie er ist....

Ich bin nun mal
unehrlich...

UNTERSCHIEDLICH

SZENEN EINER THERAPIE …

INTUITION

DER ERSTE SCHRITT

THERAPIE-ZIELE

VOM MÜSSEN WOLLEN ...

Ich muss meine Beziehungen pflegen…
Ich muss mich an frischer Luft bewegen…
Sie müssen mehr an sich denken…

ZUR ANNAHME

Zwei Jahre habe ich auf diesen Therapieplatz hier gewartet – zwei Jahre lang haben **Sie** mich nicht angenommen ...
... und jetzt soll **ich mich** annehmen ?!?

THINK POSITIVE

KONTAKTLOS

Ich mach' jetzt auch Therapie...
Ach ja? Weswegen denn?
Wegen meiner Kontaktarmut und Soziophobie.

Aber sag' es bitte niemandem, ich hab' es auch nur dir gesagt.
Naja, und Melanie..., die hat mir ja den Therapeuten empfohlen...
...und Iris und Peter, weil – die machen ja selber Therapie...
...und mein Ex-Freund und seine Neue, die sind ja schließlich irgendwie mit betroffen, und da haben es dann natürlich Marcel, Marie und Kalle mitbekommen, als wir letzte Woche alle zusammen an der Ostsee waren...

DIE LIEBE NOT

25. Stunde
Nun, ich liebe. Trotzdem – einige lieben mich nicht.
Aber sie können nicht erwarten, dass alle Sie lieben – Sie müssen lernen sich selbst zu lieben!
50. Stunde
Ich liebe mich – aber meine Gefühle werden nicht erwidert!

ERKENNTNIS

Ich bin einfach zu selbstkritisch!
Sogar mir selbst gegenüber!

MIT/OHNE

Also, Sie kennen Ihren Lebensgefährten jetzt seit einem Jahr. Davon, sagen Sie, war er ein halbes Jahr auf Kongressen, Tagungen und Kurzurlauben, das andere halbe Jahr war er auf Geschäftsreise im Ausland. Wieso halten Sie eigentlich so hartnäckig an dieser Beziehung fest?
Ich kann ohne ihn nicht leben.

TRAUMATISCH

Es war der Tag, als meine Schwester geboren wurde...
Hatten Sie dann irgendwann wieder Kontakt zu Ihren Eltern?
Ja, schon... aber erst am Abend wieder, als das Baby dann da war...

ALTER OHNE GRENZEN

...an eine Reanimation.

PSYCHO-ANALYSE

Hilfe ich ertrinke!!!
Endlich hat sie ihr Problem erkannt!

EINZIG ARTIG

LOSLASSEN

Ich habe manchmal Angst, ich verliere den Verstand.
Aber da haben Sie in Ihrem Fall doch gar nichts zu verlieren!

VOM GEBEN UND NEHMEN

INTEGRIERT

Was heißt hier „Sie fühlen sich nirgendwo zugehörig"??
Immerhin gehören Sie zu der großen, wichtigen Gruppe der ausgegrenzten, depressiven und therapiebedürftigen Frauen mittleren Alters!

ABSCHIED

Weißt du, Monika, nach 20-jähriger therapeutischer Tätigkeit muss ich einsehen, dass auch ich nicht perfekt beziehungsfähig bin...

Ich habe mich endlich vom Bild des Therapeuten als „Allmächtigen" und „Auserwählten" verabschiedet…
Dann melde dich doch bei Dr. Schäckl zur Trauerarbeit an!

CRASH-KURS

Wie kommen Sie darauf, dass ich mit zu Ihnen komme?
Sie sagten doch gerade, Sie kommen auch gern in diese Disco und hören auch gerne Pop-Musik. Damit spiegeln Sie mein Verhalten, schaffen eine Ebene von Harmonie und Übereinstimmung und signalisieren so Paarungsbereitschaft.

UNBESTRITTEN

THERAPIEPROBLEME

Ja, klar ist das gut. Mir fällt nur auf die Schnelle keins ein - du hast doch immer so viele.

SYSTEMISCH

Stellen Sie mal alle die Personen auf, mit denen Sie Probleme haben!
Dafür sind hier nicht genug Leute.

NEBENWIRKUNGEN VON THERAPIE ...

BEZIEHUNGSKISTE

UNVERÄNDERT

Warum denn nicht?
Er hat sich nicht verändert.

HILFE, THERAPIE!

Aber ich würde alles für dich tun!
Toiletten
Mein Gott! Mit deinem „Helfer-Syndrom" willst du mich nur in die Schwäche drücken und dich für mich unentbehrlich machen.
Aber ich liebe dich!
Das ist nur dein Gefühl. In Wirklichkeit willst du durch eine symbiotische Beziehung mit mir deine eigenen Macken und Defizite ausgleichen...
Gibt es denn keine Chance für uns? Empfindest du gar nichts für mich?
Ich mag dich. Aber du bist mir einfach zu neurotisch.

KLARGEMACHT

Oder haben Sie was gegen mich?

ALLES BLEIBT ANDERS

GEFÜHL-LOS

Meine Therapie war ziemlich erfolgreich.
Ich habe endlich gelernt, über meine Gefühle zu sprechen!
Aber keiner will es hören!

NEBENWIRKUNGEN VON THERAPIE

GROSSER VORSPRUNG

DIAGNOTITIS

Über eine Woche habe ich das Haus nicht verlassen...
Xenophobie! Kann auch Agoraphobie sein. Wahrscheinlich multiple Phobien.
...ich sage Ihnen, mir ist die Decke auf den Kopf gefallen!
Mein Gott! Irrationale Wahr-nehmungen! Wahnvorstellungen!

Ich wusste echt nicht mehr, ob ich Männlein oder Weiblein bin.
Schizophrenie! Totaler Realitätsverlust!

Heute kam endlich der Brief! Eine Reise in die Karibik für vier Wochen! Gewonnen! Ich Glückspilz!
?

!
Super Verdrängungs-mechanismus!

OHNE GEWÄHR

Mein Schatz, deine Trennungsängste entspringen einer posttraumatischen Angstneurose...
Ich werde dich nicht verlassen...meine Gefühle gehören doch nur dir...

Dann lass uns doch nächste Woche ein paar Tage ans Meer fahren...
Über meine Gefühle nächste Woche kann ich dir allerdings heute noch keine Garantie geben...

EGOLOGIK

1
Du bist der totale Egoist und Egozentriker. Alles dreht sich nur um dich und deine Gefühle.
2
Aber alles, was ich tue, tue ich doch nur, damit du dich wohlfühlst.
3
Aber du hast gesagt, du fühlst dich nur wohl, wenn ich mich auch wohlfühle.
Stimmt.
4
Siehst du, also geht es doch wieder nur darum, dass DU dich wohlfühlst.

DIE ANDERE SEITE

ALLES NICHTS, ODER?

Heute lebe ich nach dem Motto: Lieber alles verlieren...
...als gar nichts!

DIE GLAUBENSFRAGE

Wieso?
Ich frage mich gerade, was in Sie gefahren ist.

PUNKTUELL

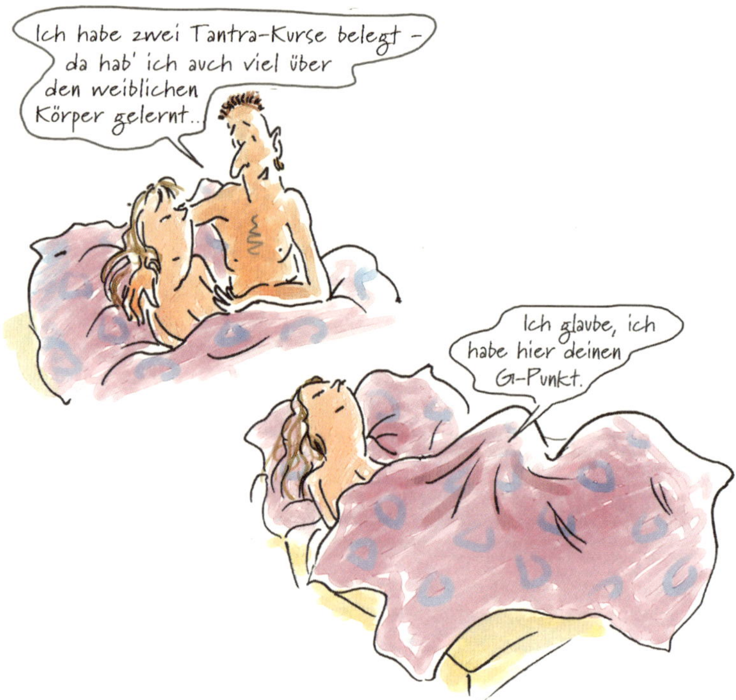
Ich habe zwei Tantra-Kurse belegt – da hab' ich auch viel über den weiblichen Körper gelernt…
Ich glaube, ich habe hier deinen G-Punkt.

?
Ich glaube, ich habe gerade meinen toten Punkt.

SELBST-LOS

Ich hab' dein Selbstmitleid und dein unterwürfiges Verhalten langsam satt. Ich möchte, dass du jetzt auf der Stelle dein dominantes Selbst aktivierst.
Lass mich endlich mit deinem Psycho-Gequatsche in Ruhe! Ich lass mir nicht mehr länger von dir vorschreiben, wie ich sein soll!

So ist gut.

SINGLE-LIFE

Was könnte man alternativ heute noch machen?

DER HOBBY-PSYCHOLOGE

DER KLEINE UNTERSCHIED

UNTER UMSTÄNDEN

Aber einen, der mir schnell und zuverlässig Sicherheit gibt.
BODY forming
Schlank & Fit mit Ihrer

APRÈS-THERAPIE

...wir fühlen uns wohl!

„SPRACHE SPRICHT"